COLLECTION ACHILLE DEVÉRIA

Conservateur au département des estampes de la Bibliothèque impériale.

TABLEAUX

DESSINS

OBJETS D'ART ET CURIOSITÉS

VENTE, JEUDI 8, TABLEAUX & CURIOSITÉS

VENDREDI 9, DESSINS

Mᵉ **DELBERGUE-CORMONT**, Commissaire-Priseur

M. **DHIOS** fils, Appréciateur Expert, Tableaux, Curiosités

M. **VIGNÈRES**, Marchand d'Estampes

AVRIL 1858

Seront vendus ultérieurement :

Une très-belle collection de **Coquilles**, composée de plus de 12,350 individus, bien choisis, montés sur des cartons blancs et nommés d'après la méthode du Muséum d'Histoire naturelle. Cette collection est divisée en 530 espèces fossiles et 2,125 vivantes, appartenant à 210 genres ; plus de 300 pièces sont coupées avec le plus grand soin de manière à mettre à découvert, pour l'étude, la structure intérieure ; d'autres pièces sont polies ou travaillées, pour montrer l'usage qu'on en peut faire dans les arts ou l'industrie. Les univalves sont disposées dans quatre meubles de chêne à tiroirs vitrés et les bivalves, dans des boîtes de bois blanc, à couvercles.

On y joindra une collection de **Zoophytes** ou **Polypiers**, disposée de la même manière dans des boîtes à couvercles.

Une collection de 180 Portraits en médaillon de ***David d'Angers***, bronzes, premières épreuves d'artiste.

On pourrait traiter à l'amiable pour l'une ou l'autre de ces deux collections.

[illegible] Commissaires-Priseurs [illegible]

CATALOGUE

DES

TABLEAUX

& DESSINS

De feu M. Achille DEVERIA

ET AUTRES MAITRES ANCIENS & MODERNES

OBJETS D'ART, CURIOSITÉS

COMPOSANT SON CABINET

dont la vente aux enchères publiques aura lieu par suite de son décès

HOTEL DES COMMISSAIRES-PRISEURS

RUE DROUOT, N. 5

SALLE N° 3, AU 1er

Le Mercredi 7 Avril 1858, les Livres, le soir les Autographes ;
Le Jeudi 8, les Tableaux et Curiosités; le Vendredi 9, les Dessins.

Me **DELBERGUE-CORMONT**, Cre-Priseur, rue de Provence, 8,

Assisté pour les
- Tableaux et Curiosités, de M. **DHIOS** fils, Appréciateur, rue Lepeletier, 3.
- Dessins, M. **VIGNÈRES**, md d'estampes, rue Baillet, 1.

Chez lesquels se distribue le présent Catalogue.

EXPOSITION PUBLIQUE

Le Mardi 6 Avril 1858, de midi à 4 heures.

PARIS

MAULDE ET RENOU

IMPRIMEURS DE LA COMPAGNIE DES COMMISSAIRES-PRISEURS,
rue de Rivoli, 144.

1858

CONDITIONS DE LA VENTE

Elle sera faite au comptant.

Les acquéreurs paieront en sus des adjudications cinq pour cent applicables aux frais.

DEVÉRIA (JACQUES-JEAN-MARIE-ACHILLE), qu'une mort prématurée a enlevé aux arts le 24 décembre 1857, était né à Paris le 6 février 1800. Il fut nommé conservateur adjoint à la Bibliothèque impériale en mars 1848 et conservateur le 14 avril 1857. Il était membre de la Légion d'honneur, du 14 novembre 1855.

Au milieu des soins journaliers de sa place, auxquels il se livrait avec une ardeur fatale pour sa santé, cet artiste aussi inventif que savant entreprit, pendant les dernières années de sa vie, plusieurs suites de dessins au trait et à la plume, format in-4, qui sont détaillées dans le présent Catalogue.

A l'exception d'un certain nombre d'imitations ou interprétations de divers maîtres dont il s'appropriait la pensée en lui donnant un cachet particulier, les dessins dont il s'agit sont des compositions originales, empreintes de ce caractère tour à tour élevé ou gracieux qui distinguait son talent.

Nous pouvons citer entre autres suites : 1° Celle où l'artiste a retracé dans des scènes curieuses et intéressantes l'histoire de la Vierge et de l'Enfant Jésus, avec un sentiment toujours religieux.

2° Une autre suite reproduit des traits historiques où figurent les personnages dont il est fait mention dans les fables de Phèdre ; la vie des anciens respire avec une vivacité originale dans cette galerie de satires fines et spirituelles.

Une troisième série est tirée d'une des œuvres les plus exquises et les plus poétiques de La Fontaine, l'histoire de Psyché. Ceux qui ne connaîtraient Achille Devéria que par ses lithographies ne sauraient se faire une idée de tout ce qu'il y a de style élevé dans ces compositions charmantes, inspirées par une étude familière des chefs-d'œuvre de la sculpture et des pierres gravées antiques.

Une quatrième série est celle des Contes de La Fontaine. C'est dans cette suite, principalement, qu'Achille Devéria a fait preuve de cette distinction et de cette grâce décente qui étaient un des charmes de son talent.

Ces dessins à la plume pourraient faire l'objet d'une publication fructueuse de lithographies ou de gravures sur bois, surtout si l'on y appliquait, comme le désirait Achille Devéria, le système du bon marché, si heureusement adopté depuis quelques années pour les livres illustrés. Nous appelons donc avec confiance sur ces dessins l'attention des éditeurs, ainsi que celle des amateurs, qui, nous n'en doutons pas, voudront placer dans leurs collections ces dernières œuvres d'un artiste regrettable à tant de titres.

Avant de terminer, nous devons encore signaler un caprice plein de goût d'Achille Devéria : sur les couvertures en parchemin blanc de petits volumes et plaquettes, il s'est plu à dessiner à la plume, soit le portrait de l'auteur et une allégorie, soit des sujets tirés de l'ouvrage. Ces volumes seront compris dans la vente des Livres.

DÉSIGNATION

DES

TABLEAUX

DEVÉRIA (ACHILLE).

1 — La Foi, l'Espérance et la Charité, avec encadrement d'ornements et d'anges. Tableau sur toile. 3 m. sur 2.

2 — La Charité, encadrée, 1 m. 80 c. sur 1 m. 65 c.

3 — Nymphe et Satyre, encadré, 1 m. 60 c. sur 1 m.

4 — Anacréon et Thaïs, encadré, 30 c. sur 20 c.

5 — La Fontaine et Mademoiselle de la Sablière, 32 c. sur 24. « J'ai gardé mon chat, mon chien et La Fontaine. »

6 — Scarron proposant à Mlle d'Aubigné de l'épouser. 32 c. sur 24.

— Pendant du précédent, et tous deux sur bois.

7 — La jument du compère Pierre, 18 c. sur 22.

8 — Toilette de Psyché, esquisse à l'huile, 50 c. sur 30.

9 — Femme à mi-corps, esquisse au crayon sur toile, 60 c. sur 22.

TABLEAUX PAR DIVERS MAITRES

ANONYME.

10 — Portrait de Marie-Thérèse, encadré, 60 c. sur 45.
11 — Portrait de Mahomet, encadré, 21 c. sur 15.
12 — Étude de tigre, 80 c. sur 40.
13 — Redgauntlet (Walter-Scott), sur bois, 80 c. sur 60.

PRIMATICE (École de).

14 — Tête de femme, encadrée. 50 c. sur 25.

ÉCOLE ITALIENNE.

15 — Toilette de Vénus, encadrée, 50 c. sur 25.

ÉCOLE FLAMANDE.

16 — Fuite en Egypte, sur cuivre, bordure de bois doré, 18 c. sur 10.

RUBENS (d'après).

17 — Mars et Vénus. Esquisse.

DAVID (d'après).

18 — Portrait de Napoléon encadré, 40 c. sur 25.

DÉSIGNATION

DES

DESSINS

DEVÉRIA (Achille).

18 bis — La Toilette, jeune fille coiffée par une négresse, figures à mi-corps, crayon rehaussé de blanc ; dernier dessin d'A. Devéria.

19 — Vierge et Jésus assise, style Renaissance, cray. gris sous verre, 60 c. sur 50. (A été publié.)

20 — Étude de femme et enfant, sur papier teinté, 1 m. sur 60 c., encadré. (Publié.)

21 — Trois cartons au fusain, études de femmes nues, couchées et debout. 1 m. 30 c. sur 80.

22 — Projets de vitraux, dessins coloriés, encadrés, 1 m. 20 c. sur 1 m.

23 — Henri IV, grande tête, d'après Gérard, aux trois crayons.

24 — La Musique, tête de jeune fille jouant de la harpe, crayon rehaussé de blanc, pap. teinté.

25 — Hommage à Voltaire, composition pour une pendule, crayon.

26 — Projet de théière, goût Renaissance, crayons noir et blanc, sur papier teinté.

27 — *Le Pater noster*, quatre charmantes compositions, crayon gris, rehaussé de blanc, papier teinté. (A été publié).

28 — Hercule enfant, statue restituée d'après un torse, fragment antique, crayon rehaussé de blanc, papier teinté.

29 — Sapho et Phaon, sujet gracieux, crayon rehaussé de blanc, pap. teinté.

30 — Psyché enlevée par Zéphyre, crayon gris rehaussé de blanc, papier teinté.

31 — Psyché secourue par l'Amour, crayon rehaussé de blanc, papier teinté.

32 — La Tentation de saint Antoine, joli dessin, cray. noir et blanc sur pap. gris.

33 — Anacréon et Naïs, charmant dessin, pendant du précédent.

34 — Coquetterie et Séduction, costumes persans, figures à mi-corps, estompe rehaussée de blanc, papier gris.

35 — Bayadères, pendant du précédent.

36 — Ève réfléchissant, gracieuse figure en pied, estompe rehaussée de blanc, pap. teinté.

37 — Psyché près de se baigner, charmante figure en pied, estompe rehaussée de blanc, papier teinté.

38 — L'Ange gardien, crayon rehaussé de blanc, pap. gris.

39 — Baptême de Clorinde, fig. à mi-corps, crayon rehaussé de blanc, pap. gris.

40 — Mercure enlevant Psyché, estompe rehaussée de blanc, papier teinté.

[illegible] 308

[illegible]
[illegible] 508
[illegible]

41 — Léda, figure en pied, délicieux dessin, estompe rehaussée de blanc, papier teinté.

42 — Ariane abandonnée, estompe rehaussée de blanc, papier teinté.

43 — Diane de Poitiers, jolie tête aux trois crayons, papier gris.

44 — Assomption de la Vierge, aquarelle dans un encadrement lithographié.

45 — Adam et Ève, Sapho, Pâris et Hélène, et autres compositions, d'après Prud'hon, au crayon, mine de plomb, plume, 7 pièces.

46 — Sujets religieux et autres, 5 aquarelles sur 3 feuilles.

Compositions au trait, à la plume, pour illustration,

format in-4°.

47 — La vie d'Ésope, par La Fontaine (1852), 50 p. y compris le titre, vol. in-4, d.-rel. m. r. (Publié).

48 — Les Amours de Psyché et Cupidon (1852-54), 56 p. (Inédit.)

49 — Fables de La Fontaine (1851-54), 23 p. (Inédit).

50 — Contes de La Fontaine (1852-55), 57 p. (Inédit).

51 — Vie et fables d'Ésope, 42 p. dont 1 croquis, crayon. (Inédit.)

52 — Sapho, 6 p. (Inédit.)

53 — Phèdre et les personnages historiques dont il fait mention (1852-54), 51 p., y compris le titre, plus une table des sujets (Inédit.)

54 — Vie de Socrate, 7 p. (Inédit.)

55 — Molière, 3 p. (Inédit.)

56 — La Vierge et l'Enfant Jésus (1852-55), 52 sujets variés de différents styles, y compris 2 titres, plus la table des sujets. (Inédit.)

57 — Traditions du moyen âge, 10 p. dont 2 au crayon.

58 — Traditions du XVIe siècle, Marguerite de Navarre, Erasme, Thomas Morus, etc., 8 p. (Inédit.)

59 — François Ier, Charles IX, Bernard de Palissy, Holbein, costumes, etc., 19 p. (Inédit.) Pourra être divisé.

60 — Madame de Longueville, Mazarin, Puget, Scarron, Vincent de Paul, etc., 10 p., XVIIe s. (Inédit.)

61 — Repas et autres, XVIIIe siècle, 3 p.

62 — Sujets divers, emblèmes, légendes (1854-55), 9 p. (Inédit).

63 — Danse macabre, 1857, 6 p.

64 — Ancien et nouveau Testament, sujets religieux, 18 p. à la plume, 2 au crayon, 20 p.

65 — Annonciation, Vierge Immaculée, Vierge et Jésus, 14 à la plume et 1 au crayon, 15 p.

66 — Jean Goujon et son œuvre, 3 à la plume, 4 au crayon, 7 p.

67 — Statues d'après l'antique, les Vertus, Jeanne Hachette, costumes, etc., 10 à la plume, 8 au crayon, 18 p.

68 — Abailard, Dante, 4 à la plume et 2 au crayon, 6 p.

69 — Odes d'Anacréon, 18 p., complément des compositions de Girodet.

70 — Amours de Psyché et Cupidon, 19 p. dont 2 à la plume.

71 — Amours de Jupiter et Léda, 3 au crayon et 2 à la plume, 5 p. — Seront divisées.

72 — Adonis de La Fontaine, 2 à la plume et 9 au crayon, 10 p.

73 — Pandore, 2 à la plume et 6 au crayon, 8 p.

74 — Homère, 2 à la plume et un au crayon, 3 p.

75 — Virgile, 8 p. à la plume.

76 — Traditions anciennes, grecques et romaines, 12 à la plume et 7 au crayon, 19 p.

77 — Amours et travaux d'Hercule, 2 à la plume, un au crayon, 3 p.

78 — Philosophes et poëtes amoureux, 6 p. dont une au crayon.

79 — Mythologie, sujets divers, 30 p. dont 8 au cray. Sera divisé.

80 — Sujets divers, d'après Géricault et Fragonard, 8 p. dont 2 au crayon.

81 — Sujets modernes. Napoléon et autres, 1852-55, 4 p.

82 — Portrait de Moreau le jeune, estompe rehaussée de blanc.

83 — — du général Foy, crayon sur papier teinté.

84 — — de Parny, sépia.

85 — — en pied de François Janet, dit Clouet, mine de plomb.

86 — — Graffigny, Joconde, Fabre d'Eglantine, Pascal, 4 p.

87 — — Kankao, Charles IX, Catherine II, etc. 4 p.

Dessins par divers maîtres anciens & modernes.

ÉCOLE FRANÇAISE

XVe SIÈCLE.

88 — Combat de David et Goliath, jolie miniature sur vélin.

XVIe SIÈCLE.

89 — Panneau richement sculpté et orné, aquarelle.

XVIIe SIÈCLE.

90 — Le Printemps, à l'encre de Chine.

91 — Le maréchal de Biron, beau portrait en pied, pierre noire; doit avoir servi à la gravure de la collection de la galerie du Palais-Cardinal.

92 — Vues d'Italie, 2 paysages, pierre noire, sur papier teinté.

XIXe SIÈCLE.

93 — Ornements d'architecture, 3 crayons noirs dont 2 rehaussés de blanc sur papier bleu.

94 — Dessins de vignettes, par Chasselat, Napoléon Thomas, etc., 3 p.

ÉCOLE FLAMANDE.

95 — Sujets divers, 6 dessins à la plume.

ÉCOLE HOLLANDAISE.

96 — Halte de cavaliers, à l'encre de Chine.

DESSIN INDIEN.

97 — Une femme avec un paon, encadré, 50 c. sur 20.

98 — Peinture chinoise encadrée, 30 c. sur 20.

BLOTELING (Abraham).

99 — Émeute de femmes dans une ville de Hollande, dessin très-curieux à la plume, avec un nombre immense de figures.

100 — Triomphe de Galathée, avec nombreuses Néréides, charmant dessin à la plume.

101 — Paysages avec figures, 2 dessins à la plume.

BOREL.

102 — La Visite à la nourrice, signé et daté 1780, charmants costumes, jolie aquarelle.

103 — Le déjeûner à la campagne, pendant du précédent, charmants costumes.

BOUCHARDON.

104 — Les cendres de Mausole apportées à Arthémise, sanguine.

BOUCHER (François).

105 — Diogène, maître d'école chinois, à la plume et bistre.

BOUILLON.

106 — Vénus, statue antique, à la pierre noire.

BOULANGER (Louis).

107 — Costumes pour *Lucrèce Borgia*, drame de Victor Hugo, 9 aquarelles.

108 — Madame Schutz, artiste dramatique, portrait croquis, mine de plomb.

109 — Sujets tirés de Byron et de Walter-Scott, 7 croquis, crayon, sépia, aquarelle sur 6 feuilles.

110 — Jeune Espagnole présentée par sa mère à un moine, belle aquarelle, signée Louis B.

CHARLET.

111 — Portrait de Géricault, crayon noir.

112 — L'empereur Napoléon, aquarelle.

113 — Tête de soldat, étude crayon et sanguine.

114 — La prière, mine de plomb.

115 — Un mameluck, mine de plomb.

116 — Le garde national en faction.

117 — Croquis au crayon et aquarelle, 9 p.

CHENAVARD.

118 — Titre du recueil des costumes du quadrille historique, à la plume et sépia.

COCHIN (Charles-Nicolas).

119 — Portrait de dame, profil, mine de plomb et sanguine, signé et daté 1759, charmant dessin.

120 — Goldoni, portrait au crayon, signé et daté 1782.

121 — Mademoiselle Lecoulteux Dumoley, cantatrice, portrait avec figures allégoriques, pierre noire, signé, daté 1782.

Marten 6 Martain 33

Marten 15 Martain 33.

48	Amours de Psyche	58 p.	Martin	200	
49	Fables de Lafontaine	23	Martin	160	
50	Contes d°	57	Martin	405	
51	Vieux fable d'Esope	42	Martin	81	
80	2 dessins Deveria			6	
83	General Foy Deveria			4	.50
108	Boulanger Mad. Schultz			2	
118	Chenavard			6	
166	alf. Johannot			6	
182	Prudhon		Laperlier	66	
				936	50
				46	85
				983	35

DELACROIX (Eugène).

122 — Le Tasse en prison au milieu des fous, très-beau dessin, encadré, 50 c. sur 20.

DESENNE.

123 — Croquis pour La Fontaine et autres, mine de plomb et plume, 6 p.

DEVERIA (Eugène).

124 — Milon de Crotone, d'après Puget, étude pour le plafond du Louvre, crayon rehaussé de blanc sur papier teinté.

125 — Portrait de Marrast (membre du gouvernement en 1848) devant le tribunal, profil, mine de plomb, et un portrait de cardinal-archevêque, 2 p.

126 — Sujets divers, 4 croquis mine de plomb.

DOUSSAULT (Charles).

127 — Messe en Bretagne, jolie aquarelle.

DUFRESNE (Abel).

128 — Paysages, 2 à l'encre de Chine, 1 sépia, 3 p.

DUGOURE.

129 — Enterrement du duc de Berri à Saint-Denis, encre de Chine.

GÉRICAULT.

141 — Portrait-charge de Charlet, croquis en pied, mine de plomb.

142 — Portrait en pied d'Eugène Delacroix, croquis mine de plomb.

143 — Portraits-charges de Carle et Horace Vernet, Lecomte, Eugène Lami, etc., 6 croquis sur une feuille.

144 — La mort du duc de Berri, 2 croquis recto et verso.

145 — Ouverture des prisons de l'Inquisition, 3 croq. mine de plomb.

146 — Léda, croquis mine de plomb.

147 — Damné enlevé par un démon, étude à la mine de plomb.

148 — Démon emportant une femme, à la mine de plomb.

149 — Groupe de damnés précipités dans l'enfer, savante étude à la mine de plomb.

150 — Arabe sur son coursier, aquarelle.

151 — Porte-enseigne d'un régiment de chasseurs, aquarelle.

152 — La bohémienne, croquis, mine de plomb. — le père et le fils, estompe, 2 p.

153 — Franklin présentant son fils à Voltaire, aquar.

154 — Douze croquis à la mine de plomb, sur 5 feuilles.

155 — Croquis de chevaux et autres animaux, 33 p. sur 20 feuilles. Sera divisé.

156 — Croquis divers au crayon, 55 p. sur 38 feuilles. Sera divisé.

GHEYN.

157 — La mort rend égaux le potentat et le paysan, beau et curieux dessin allégorique, à l'encre de Chine, signé et daté 1590; les vers qui sont au bas sont autographes de Grotius.

GIRAUD (Eugène).

158 — Le fou du roi de Navarre, aquarelle rehaussée d'or.

GROS (école du baron).

159 — Le génie de la dévastation, estompe rehaussée de blanc sur papier gris.

160 — Le général Bonaparte, tête au crayon.

161 — Le prince Murat, tête à l'estompe et aux trois crayons.

162 — Sainte Geneviève, croquis mine de plomb.

HUET (Jean-Baptiste).

163 — Nymphe lutinée par des Amours, bistre.

164 — Quatre paysages avec figures, sanguine. Ce numéro sera divisé.

165 — Études d'arbres et de plantes, 3 p. au bistre.

JOHANNOT (Alfred).

166 — Figure de femme nue (Eve), étude à la mine de plomb.

JULIEN (Simon).

167 — L'effronterie, au bistre, signé et daté 1786.

LAFITTE.

168 — La Comédie, figure en pied, crayon rehaussé de blanc.

169 — Le général Bonaparte, portrait au crayon sur papier teinté.

170 — Sujets allégoriques, fleurs, ornements au trait, à la plume, au crayon, aquarelle, 20 p. Pourra être divisé.

LAFOSSE.

171 — Bacchanale, croquis sur papier teinté.

LEMOINE.

172 — Vénus et Vulcain, croquis sanguine.

MANSSON.

173 — Saint Étienne des Tonneliers à Rouen, mine de plomb.

MENAGEOT.

174 — Les Grâces dansant, bistre rehaussé de blanc sur papier bleu.

175 — Amours faisant de la musique, bistre rehaussé de blanc sur papier bleu.

MOREAU le jeune.

176 — Portrait d'homme, mine de plomb sur vélin.

177 — Un Chanteur, croquis, mine de plomb, 1761.

178 — Soldat faisant l'exercice, sanguine.

179 — Études de femmes en pied, costumes XVIIIe s., 4 p. à la sanguine. Sera divisé.

ORSINI.

180 — Assomption de la Vierge, 2 croquis à la plume.

PRUD'HON.

181 — L'Amour désarmé, d'après Corrège, croquis à la plume, avec *M. Trudhen, amateur* (Trudaine), autographe.

182 — Petites figures d'hommes, 5 études sur la même feuille à la plume.

183 — L'Amour et Psyché. — Joseph et Putiphar, 2 croquis à la plume. Pourra être divisé.

184 — *L'Amour, la Frivolité, le léger badinage et le repentir qui les suit.* Autographe au crayon au bas de ce dessin, croquis à la plume.

185 — Lysimaque, d'après une médaille antique, à la plume, dessin de la plus grande finesse.

REMBRANDT.

186 — Combat de deux figures, croquis à la plume.

SAINT-AUBIN (Augustin de).

187 — Costumes et figures de femmes nues, etc., croquis à la plume et au crayon, au dos de 15 cartes à jouer sur 6 feuilles. Pourra être divisé.

SCHMELLER.

188 — Gœthe, d'après nature en décembre 1826, mine de plomb rehaussée de blanc.

VANLOO.

189 — Portrait avec figures allégoriques, à l'encre de Chine.

190 — Peintre peignant d'après nature, sanguine.

VERNET (Horace).

191 — Portrait de Charlet, sépia.

WATTEAU (Antoine).

192 — Étude d'homme assis par terre, sanguine.

193 — Joueur de luth, étude sanguine, sur pap. gris.

194 — Étude de joueur de cornemuse, dessin capital à la sanguine sur papier gris, 2 figures sur la même feuille.

195 — Sous ce numéro, les dessins non catalogués.

Le Catalogue des Livres et des Autographes se distribue chez M. Aubry, libraire, rue Dauphine, 16, et chez Me Delbergue-Cormont, Commissaire-Priseur.

DESIGNATION

DES

OBJETS D'ART

196 Une très-belle pendule de forme droite, en marqueterie de Boule; première partie incrustée de jolis ornements en cuivre sur un fond d'écaille; de beaux bronzes dorés, figures et ornements embellissent cette pièce précieuse. Le mouvement est de Sandrie, à Paris; le cadran, en bronze ciselé et doré, représente des figures et de jolis ornements en bas-relief. Elle a son support incrusté et garni de bronzes

197 Une belle pendule en marqueterie de Boule, première partie, avec incrustations de cuivre sur fond écaille, ornée de jolis bronzes rocaille, ancien mouvement et beau cadran. Elle est posée sur un socle en ébène gravé.

198 Deux bras-appliques en bronze doré rocaille, à deux lumières.

199 Deux autres bras-appliques d'un autre dessin, en bronze doré rocaille, à deux lumières.

200 Un écran bois doré, avec tapisserie. Sujet chinois.
201 Une console bois doré.
202 Un coffret Boule, cuivre et écaille.
203 Une paire flambeaux, cuivre argenté.
204 Encrier marbre rouge.
205 Mortier marbre rouge.
206 Tête d'enfant marbre blanc, sur socle marbre de couleur.
207 Statuette, faïence imitée des Chinois.
208 Groupe d'amours, petit bas-relief Louis XV, bronze doré.
209 Tête de cheval, pierre sculp.
210 Petit portrait du temps de Louis XV, peint à l'huile. Cuivre.
211 Profil de Louis XV. Cuivre.
212 Grand médaillon de Louis XV par Nini, 1770.
213 Grand médaillon de Leray. Terre cuite bronzée.
214 Épingles pour les coiffures des dames du temps de Louis XVI.
215 Statuette de la Vierge. Bois sculpté.
216 Vierge et Enfant Jésus. Statuette pierre peinte et dorée.
217 Statuette de la Vierge et Enfant Jésus. Bois peint et doré.
218 Vierge et Enfant Jésus. Statuette Renaissance, marbre.
219 Deux fûts de colonnes cannelées. Albâtre.
220 Fragment de colonne à cannelure. Pierre.
221 Madone de faïence.
222 Statuette en bois. Sainte Marguerite.
223 Statuette en bois. Éducation de la Vierge.
224 Ascension de la Vierge au milieu des anges. Sculpture bois.

225 Un plat Bernard Palissy, la Samaritaine. (Forme ovale.)

226 Un plat dito, Sacrifice d'Abraham. (Forme ronde.)

227 Pièce de plomb, portrait, l'écusson fleurdelisé.

228 Maria Augusta, etc. Médaillon bronze par F. Dupré, 1624.

229 Portrait de Charles IX, de trois quarts. Médaillon bronze, 1573.

Un centaure enlevant une femme. Grand médaillon bronze.

La Vierge, l'Enfant Jésus et saint Jean. Médaillon bronze.

La Charité, entourée d'enfants. Grand médaillon ovale.

Portrait d'un personnage, xvie siècle. (Ces derniers bronzes sont modernes.)

(Ce lot pourra être divisé.)

230 Email sur cuivre, style moyen âge. Sainte Radegonde.

231 Support bois sculpté. Animaux peints.

232 Support, partie de colonne. Marbre blanc sculpté.

233 Inscription gothique en marbre.

234 Deux colonnes albâtre cannelées.

235 Cruche en grès de Flandre émaillée bleu.

236 Bronze de la coupe d'or gallo-romaine de la Bibliothèque impériale.

237 Deux lampes de terre cuite. Mascaron de terre cuite.

Fragments de pavages. Petite figurine de bronze.

Fragments divers.

Deux vases à anses. Terre cuite.

Vase en forme d'écuelle à deux anses. Terre cuite peinte.

Petite coupe grecque ornée d'un méandre. Terre cuite.

Deux petits vases grecs peints.

238 Vases à boire, terre peinte (l'un cassé).

Deux petites coupes et un petit vase, terre peinte en noir.

Deux petits vases, terre cuite (l'un cassé).

Trépied provenant d'une statuette d'Apollon (Pompéi, 1805). Fragment.

(Ce lot sera divisé.)

239 Objets provenant de l'*Océanie* ou de l'*Amérique*, tels que calebasse peinte et vernissée, peignes de différentes grandeurs et de différentes formes; tissus et papier-étoffe de mûrier, chanvre, pendants d'oreilles de dents de poissons, hameçons de corne et de nacre, harpons de fer, collier de paille, échantillons de sparterie.

Un polypier oculine de Vanikoro (Lapeyrouse).

(Ce lot pourra être divisé.)

240 Spécimens divers de l'art et de l'industrie des Chinois, petits vases, magots de terre cuite et de pierre de lard peinte ou naturelle, rose végétale dont les dames se servent pour se teindre les ongles. Registre journalier d'un marchand en chinois cursif du règne de l'empereur *Tao-Kouang*.

(Ce lot sera divisé.)

241 Peintures sous verre très-fines.

242 Vierge chinoise, porcelaine blanche (cassée).

243 Vase du Japon, avec son couvercle. Dessins bleu et blanc.

244 Encrier coffret-pupitre en laque, avec incrustations. 60 c. 28 m.

245 Statuette porcelaine chinoise (cassée, 44 c.).

246 Poupée chinoise sur le dragon Kirin.
247 Vase, forme poisson, porcelaine.
248 Miniatures indiennes sur ivoire, deux portraits de princes et six vues de l'Inde : Bénarès, Faj-Mahul, etc., avec les noms indiens; jeu de patience indien, chapelet de brahme, échantillons de sparterie, etc.

(Ce lot sera divisé.)

249 Quatre poupées indiennes habillées.
250 Une targe indienne décorée de figures en bois peintes et dorées.
251 Flèches et arcs indiens.
252 Jeu d'échecs indiens, ivoire sculpté, avec jeu de trictrac.
253 La Vénus Callipige, petit bas-relief. Pétrification de Clermont,
254 Fleurs et paysage, deux petites peintures sur porcelaine.
255 Esquisse d'un portrait émaillé sur cuivre.
256 Feuille d'ornement sculptée par M. Moreau.
257 Un sujet antique et la Cène, deux petits bas-reliefs de plomb bronzés.
258 Saint Michel, peinture russe sur bois.
259 Un cadre d'oiseaux. 1 m. 20 c.
260 Une tête de mort désarticulée et montée sous globe.
261 Trois socles en marbre de couleur.
262 Sous ce numéro seront vendus tous les objets d'art et de curiosité omis au catalogue.

Renou et Maulde, Imprimeurs de la Compagnie des Commissaires-Priseurs, Rue de Rivoli, 144. 8962

www.ingramcontent.com/pod-product-compliance
Ingram Content Group UK Ltd.
Pitfield, Milton Keynes, MK11 3LW, UK
UKHW020218200726
13856UKWH00004B/1468